Cinco razones por las que te encantará Isadora Moon:

¡Conocerás a la vamp-tástica, encant-hadora Isadora!

Su peluche, Pinky, ¡ha cobrado vida por arte de magia!

¡Tiene una familia muy loca!

Te hechizarán sus ilustraciones en rosa y negro

¿Cuál es la mascota de tus sueños?

Una perrita salchicha
con abrigo amarillo llamada Millie.
(Phoebe)

Un caballo volador,
porque me llevaría a
cualquier parte.
(Mía)

Un erizo de nieve,
porque son muy monos.
(Esperanza)

¡Un unicornio de peluche mágico
en el que poder volar!
(Lola)

Una nutria rosa
con poderes para hacerse invisible.
(Magdalena)

¡Una cobaya ninja!
(Harry)

¡Un uni-conejo, que es
un conejo con alas
y cuerno de unicornio mágico!
(Iris)

Mi familia

Mi madre,
la condesa Cordelia
Moon

Bebé Flor de Miel

Mi padre,
el conde Bartolomeo
Moon

¡Yo!
Isadora Moon

Pinky

¡Para los vampiros, hadas y humanos de todas partes!

Y para Henry, el amor de mi vida.

Primera edición: octubre de 2017
Décima reimpresión: enero de 2019
Título original: *Isadora Moon Gets in Trouble*

Publicado originalmente en inglés en 2017.
Edición en castellano publicada por acuerdo con Oxford University Press.

Printed in Spain – Impreso en España

ISBN: 978-84-204-8632-1
Depósito legal: B-14.546-2017

Compuesto por Javier Barbado
Impreso en Limpergraf, Barberà del Vallès (Barcelona)

AL 8 6 3 2 1

Penguin
Random House
Grupo Editorial

se mete en un lío

Harriet Muncaster

Traducción de Vanesa Pérez-Sauquillo

Capítulo UNO

Era domingo por la tarde y yo estaba dando saltos de alegría junto a la ventana de la cocina. Mi prima Mirabella, que es medio bruja, medio hada, iba a venir a quedarse con nosotros… ¡una semana entera!

—Han pasado siglos desde que la vimos por última vez —dijo mamá, que estaba ocupada haciendo una tarta para celebrar la llegada de Mirabella. Removía la masa con su varita mágica y salían del cuenco pequeñas chispas.

—Es verdad —dije—. ¡He pensado algunas cosas divertidas que podemos hacer esta vez en la casita de muñecas!

—¡Qué maravilla! —dijo mamá.

De pronto, Pinky empezó a dar saltos en la encimera de la cocina y a señalar con la pata por la ventana. Pinky era mi peluche favorito, así que mamá le dio vida con su magia. Puede hacer esas cosas porque es un hada.

—¡Ya está aquí! —grité—. ¡Mamá! ¡Mira!

Mamá paró de remover un momento y contempló cómo Mirabella bajaba en picado con su escoba hasta el jardín delantero. Mi prima tenía mucho estilo.

—Me encantaría tener una escoba… —suspiré.

Mamá me dio un abrazo.

—Las alas son mucho más bonitas que las escobas —dijo.

Dejó el cuenco con la masa de la tarta y salimos juntas al jardín.

—¡Mirabella! —grité corriendo hacia ella y dándole un gran abrazo de prima—. ¡Me alegro de verte!

—¡Y yo también me alegro de verte a ti! —exclamó Mirabella, devolviéndome el abrazo.

Llevaba un sombrero negro puntiagudo y un par de botas brillantes con cordones hasta arriba, muy a la moda.

—¿Dónde está el tío Bartolomeo? —preguntó Mirabella mientras subíamos las escaleras hacia mi habitación en la torre.

—Seguirá durmiendo —respondí—. Ya sabes que papá siempre duerme de día. No soporta la luz del sol. Se despertará a las ocho de la noche ¡para desayunar!

Pero justo entonces oí un estruendo en el siguiente rellano de la escalera, y papá bajó zumbando hacia nosotras, con la capa de vampiro ondeando a su espalda.

—¡Ah! —gritó—. ¡Mi sobrina favorita!

—Hola, tío Bartolomeo —dijo Mirabella—. ¡Me gusta tu capa!

—Muchas gracias —respondió papá con una sonrisa—. Es de terciopelo puro.

A papá le encantan los halagos. A los vampiros les gusta mucho arreglarse.

—Vamos, Mirabella —dije, tirando de ella para pasar a papá y subir el último tramo de escaleras—. Quiero enseñarte una cosa.

—¡Tachán! —dije al abrir la puerta. En medio de mi habitación estaba la casita de muñecas. La había recubierto de luces—. ¡Y mira! —señalé el comedor en miniatura—. ¡He preparado una merienda de bienvenida para ti!

Dentro de la diminuta habitación había una mesa diminuta, y encima de la mesa diminuta había un diminuto festín.

HELADO

—Toda la comida es de verdad —dije con orgullo—. ¡Hasta los minisándwiches! He tardado un montón en hacerlos. ¡Y mira! ¡Los caramelos están hechos con fideos de colores!

Mirabella se quedó asombrada. Cogió uno de los sándwiches y se lo metió en la boca.

—¡De mantequilla de cacahuete! —exclamó—. ¡Mi sándwich favorito!

—¡El mío también! —dije yo, contenta.

Nos sentamos y comimos juntas mientras Pinky daba saltos por la habitación. A él también le hacía mucha ilusión que Mirabella estuviera con nosotros.

—Voy a llenar de agua la piscina —dije, quitándome las migas del vestido.

La última vez que vino Mirabella hicimos una piscina para las muñecas con un envase de helado y un tobogán de agua hecho con tubos de plástico pegados. El tobogán, unido al tejado de la casa, bajaba haciendo curvas hasta la piscina. Salí corriendo de la habitación para ir al cuarto de baño y volví con el envase de helado lleno hasta arriba.

—También he tenido otra idea —dije, dejando el envase al final del tobogán—. ¡Se me ha ocurrido que podemos hacer muñecas exactamente iguales que nosotras! Una muñeca Mirabella y una Isadora, para que vivan en la casa ¡y se tiren por el tobogán! Tengo un montón de trozos de tela. Creo que sería divertido. Yo quiero que mi muñeca lleve un tutú negro.

—Hum... —dijo Mirabella—. De pronto sus ojos brillaron con picardía. Me di cuenta de que estaba teniendo una de sus «ideas»—. ¡Tengo un plan mejor! —continuó—. Jugar con las muñecas es aburrido. ¡Vamos a ser nosotras las muñecas!

—¿Qué quieres decir? —pregunté.

—¡Que nos encojamos! —respondió Mirabella—. Haré una poción. ¡Así podremos meternos en la casa de muñecas y tirarnos por el tobogán nosotras mismas! ¡Será divertidísimo!

Sacó de la maleta su pequeño caldero de viaje y empezó a echar en él el contenido de unos frasquitos de cristal.

Yo la contemplaba, esperando con ilusión y preocupación a la vez.

—¿Estás segura de que no pasará nada malo? —pregunté.

—¡Claro que no! —respondió Mirabella.

Vertió un frasco de purpurina rosa en el caldero y removió. Miré dentro con curiosidad. La poción no era líquida, sino en polvo. Mirabella rebuscó en su maleta otra vez y sacó de su neceser una almohadilla blandita de maquillaje.

—Ahora deja que te ponga un poco en el brazo —dijo—. Con esta pizca, el efecto durará veinte minutos más o menos.

Tendí el brazo y Mirabella me extendió un poquito de poción con la almohadilla.

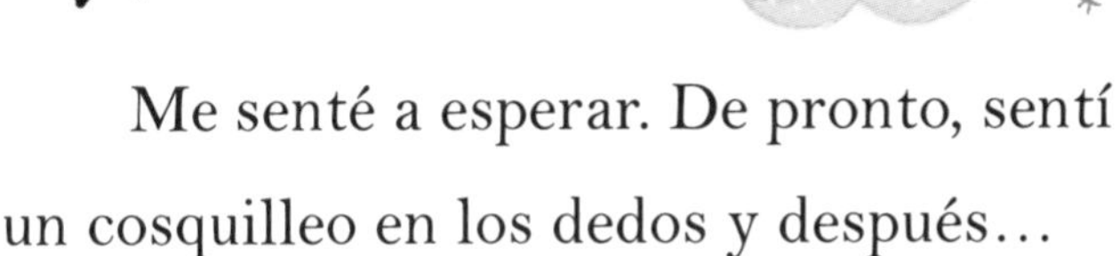

Me senté a esperar. De pronto, sentí un cosquilleo en los dedos y después...

¡PUM!

Me envolvió una nube de purpurina rosa y luego aterricé suavemente en la blanda alfombra. ¡Era diminuta! Mirabella se alzaba a mi lado como un gigante.

—¡Venga! —le grité con voz aguda y chillona—. ¡Te toca a ti!

Mi prima se echó a reír.

—¡Tu voz! —gritó—. ¡Pareces un ratón!

Se estuvo partiendo de risa, balanceándose hacia adelante y hacia atrás, hasta que le dio dolor de tripa.

—Está bien, está bien… —dijo al fin—. Me toca.

Extendió una pizca de la poción en su propio brazo y hubo otra explosión de humo rosa y brillante.

¡PUM!

—Aquí estoy —dijo con voz chillona, apareciendo de pronto junto a mí—. ¡Mira qué pequeñitas somos!

Caminamos juntas hasta la casa de muñecas y subimos las escaleras. Ya estábamos llegando al tejado cuando oímos unos golpes muy fuertes fuera de la casa.

—¿Qué ha sido eso? —susurré, agarrándome al brazo de Mirabella—. ¡Hay algo ahí fuera!

Miramos por la ventana y solté un suspiro de alivio.

—¡Es Pinky, que está dando saltos! —dije—. Pobre Pinky. No nos ha visto hacer la poción. ¡Estará preguntándose dónde estamos!

Y así era. Pinky parecía bastante desconcertado. Saltaba dando vueltas alrededor del caldero una y otra vez,

HELADO

abriendo y cerrando los botones de sus ojos con preocupación.

Me asomé por la ventana de la casa.

—¡Pinky! —chillé con mi voz aguda—. ¡Estamos aquí!

Pinky levantó la mirada y me vio. Sacudió las orejas con sorpresa. Entonces, antes de que yo pudiera decir nada, saltó dentro del caldero, rebozándose totalmente en el polvo de la poción. Hubo una gigantesca explosión de humo rosa y brillante.

¡PUM!

—Oh, oh… —dijo Mirabella mientras veíamos al que ahora era un diminuto Pinky saltar fuera del caldero y atravesar la alfombra hasta llegar a la casa de muñecas.

—¿Cuál es el problema? —pregunté—. A Pinky no le importa ser pequeñito. ¡Solo quiere estar con nosotras!

—No es eso —respondió Mirabella—. Es que se ha cubierto entero con la poción. ¡Va a ser pequeño durante días!

—Ah… —dije, empezando a asustarme.

—Bueno, no podemos hacer nada para arreglarlo —comentó mi prima mientras Pinky subía las escaleras saltando hasta llegar a mis brazos—. Mejor no preocuparnos. ¡Vamos a divertirnos!

Los tres subimos corriendo los escalones que faltaban hasta llegar al tejado de la casa de muñecas, donde empezaba el tobogán.

—¡Esto va a ser fantástico! —gritó Mirabella—. Tú primero, Isadora.

Eché un vistazo al tobogán. Desde arriba se veía altísimo y retorcido.

De pronto, la piscina donde acababa parecía muy profunda. Yo hacía muy poco que había aprendido a bucear.

—No te preocupes —dije—, puedes bajar tú primero, Mirabella.

Los ojos de mi prima relampaguearon maliciosamente.

—No seas gallina, Isadora —dijo—. Vamos. Te reto a que lo hagas.

Indecisa, puse el pie en lo alto del tobogán.

—Pero a Pinky no le gusta nada mojarse —señalé—. Creo que debería quedarme aquí arriba con él.

—A Pinky no le importará —dijo Mirabella—. Puede esperarte aquí.

Además, tú tienes alas; puedes salir volando del tobogán si no te gusta.

Era verdad.

—Vale... —dije, poniendo el otro pie en el tobogán y sentándome. Cerré los ojos y me tapé la nariz con los dedos.

—Una, dos, tres... ¡YA! —gritó Mirabella, dándome un pequeño empujón.

¡Salí disparada!

—¡Yujuuuu! —chillaba mientras bajaba a toda velocidad, girando y rodando, con todo el pelo para atrás. Di vueltas y más vueltas en espiral hasta que...

¡CHOF!

Caí en el envase de helado lleno de agua.

—¡Guau! —exclamé mientras salía a coger aire, salpicando agua en todas direcciones—. ¡Ha sido increíble!

Justo entonces hubo otro ¡CHOF!, cuando Mirabella cayó volando desde el tobogán y se hundió en el agua a mi lado.

—¡Qué divertido! —gritó—. ¡Venga, Isadora, vamos a tirarnos otra vez!

La cogí de la mano y subimos volando hasta el tejado. Esta vez, Mirabella se lanzó primero y yo la seguí. Probamos a tirarnos por el tobogán bocarriba y bocabajo, y también las dos a la vez. Siempre caíamos en el envase de agua con un maravilloso ¡CHOF!

La cuarta vez que me tiraba, iba por la mitad del tobogán cuando sentí de pronto un cosquilleo en los dedos.

«¡Oh, no!», pensé. Pero antes de poder hacer nada hubo una explosión de humo rosa y brillante.

¡PUM!

—¡Socorro! —grité mientras mi cuerpo volvía a su tamaño normal y caía de golpe en la alfombra, destrozando el tobogán entero debajo de mí.

Rápidamente saqué a Mirabella y a Pinky del tejado de la casa de muñecas y los coloqué en la alfombra. Hubo otro ¡PUM! y Mirabella apareció de pie a mi lado, con su estatura de verdad. Pinky todavía tenía el tamaño de un botón. Lo cogí para que pudiera sentarse en mi mano.

—Qué pena, el tobogán… —dije mirándolo con tristeza, aplastado junto a la casa de muñecas—. Creo que deberíamos haber tenido más cuidado con la poción.

—Te preocupas demasiado —repuso Mirabella—. Podemos hacer otro, si nos apetece.

—Ya —dije—. Pero me da pena que se haya roto.

En ese momento oí que mamá nos llamaba desde el piso de abajo.

—¡Isadooora! ¡Mirabella! ¡Es la hora de desayunar!

Bajé la vista hacia mi mano, donde Pinky estaba dando saltos. No podía dejar que mamá y papá lo vieran así. Lo dejé cuidadosamente encima de la cama.

—Échate una siesta, Pinky —le dije—. ¡Ojalá hayas recuperado tu tamaño normal cuando volvamos!

Capítulo DOS

Mirabella y yo bajamos corriendo las escaleras y entramos en la cocina donde mamá, papá y mi hermanita bebé, Flor de Miel, nos esperaban para empezar el desayuno nocturno. En medio de la mesa había una gran tarta recubierta de crema rosa, hecha especialmente para Mirabella.

—¡Ya estáis aquí! —dijo mamá.

—Parece que estáis mojadas —señaló papá, mirando con preocupación hacia la ventana—. ¿Está lloviendo? Espero que no. No soporto que se me estropee el peinado cuando salgo a dar mi vuelo nocturno.

—No llueve —dijo mamá, mirándonos con curiosidad. Hizo un gesto con su varita

y nuestra ropa, por arte de magia, volvió a estar seca.

—¡Menos mal! —dijo papá, tomando un sorbito de su zumo rojo. Papá solo bebe zumo rojo. Es cosa de vampiros.

—Espero que vosotras dos no hayáis armado un desastre en el piso de arriba —dijo mamá mientras empezaba a cortar la tarta.

—Pues... —empecé a pensar en el tobogán destrozado y en el agua que había encharcado todo el suelo del dormitorio.

—¡Claro que no! —dijo Mirabella con dulzura mientras nos sentábamos juntas a la mesa—. La tarta tiene una pinta deliciosa, tía Cordelia.

—Gracias —sonrió mamá—. Es tarta de zanahoria.

—Oh, la favorita de Pinky —dijo papá guiñando un ojo.

Pinky no puede comer de verdad, pero le gusta jugar a que lo hace.

—¿Dónde está Pinky? —preguntó mamá, mirando a su alrededor como el que sospecha algo—. No es normal que se pierda la tarta.

Sentí que me ardía la cara.

—Está echándose una siesta —dijo Mirabella rápidamente.

—Ah, sí —asintió papá con aire de comprender—. Mañana va a ser un gran día para él. Necesita un buen sueño reparador.

—Mañana… —murmuré. «¿Qué pasa mañana?».

Y entonces me acordé. ¡Era el día de llevar a tu mascota al colegio!

—No me digas que lo habías olvidado —dijo papá—. ¡Has estado deseando que llegara este día durante semanas!

—Pinky ha ensayado muchos trucos para enseñarle a la clase —le contó mamá a Mirabella con orgullo—. Se ha vuelto muy bueno con los malabares.

—Pero ¿no llevas a Pinky al colegio contigo todos los días? —dijo Mirabella, confusa—. Tu clase ya lo conocerá.

—Sí —asentí—, pero le prometí que lo llevaría como mi mascota especial, ¡y mi clase no conoce sus trucos!

—Ya entiendo… —dijo Mirabella, aunque no daba nada la impresión de que lo estuviera haciendo—. Sus ojos tenían un brillo peligroso mientras masticaba su sándwich.

Después del desayuno, subimos corriendo las escaleras hasta mi habitación.

—Por favor, por favor, que Pinky haya vuelto a ser de su tamaño normal... —susurré mientras abría la puerta.

Pero Pinky seguía siendo diminuto. Saltaba y se deslizaba arriba y abajo por los bultos de mi edredón. Para él eran como montañas.

—¡Oh, no! —gemí—. ¿Y si mañana todavía sigue igual? No puedo llevarlo al colegio. ¡Se perdería!

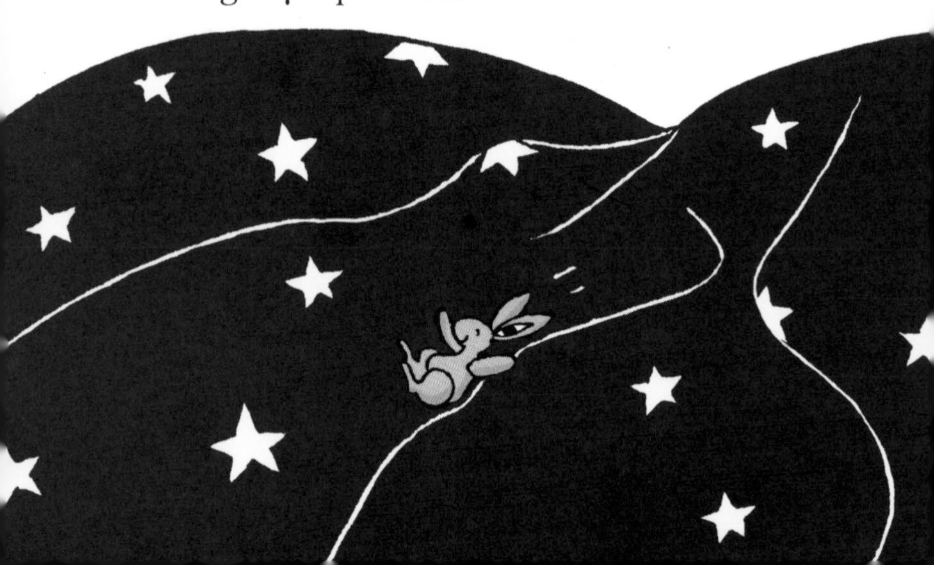

—A ver… —dijo Mirabella—. Tengo una idea…

—¿Qué idea? —le pregunté. Estaba empezando a sentir cierta desconfianza hacia las «ideas» de Mirabella.

—¿Por qué no llevas una mascota diferente al colegio mañana? Con mi magia, podría hacerte una mascota impresionante. Algo que nadie haya visto antes, algo genial de verdad. Como… ¡un dragón! Todos se quedarían con la boca abierta.

—Pues… —empecé a decir.

—¡Oh, venga…! —me intentó convencer—. ¡Déjame hacerlo! ¡Sería fantástico!

—No —dije—. Es demasiado peligroso. ¿Y si prende fuego al colegio?

—No lo hará —prometió Mirabella—. Haría uno que no echara fuego, ¡solo estrellas y purpurina! Ay, por favooor, vamos a hacerlo… ¡Podría hacer uno bebé, monísimo!

—Bueno… a lo mejor —dije, sintiéndome tentada por la idea—. Uno pequeñito.

Esa noche, después de que mamá y Flor de Miel se fueran a la cama y papá saliera para su vuelo nocturno, Mirabella volvió a sacar su kit de pociones de viaje. Nos sentamos a oscuras y usé mi varita como linterna para que Mirabella pudiera ver lo que hacía.

Cayeron al caldero los ingredientes del hechizo: una pizca de polvo de estrellas, un pellizco de escamas de dragón, purpurina espolvoreada y un puñado de pétalos de flores secas.

Mirabella dijo unas palabras muy raras y removió la poción. Las dos nos asomamos a contemplar cómo la mezcla centelleaba a la luz de la varita.

—Espera y verás —susurró Mirabella.

La mezcla empezó a dar vueltas ella sola. Dio vueltas y vueltas hasta que se fue formando una bola. A la bola le empezó a crecer una cola y después patas y pies y garras.

—¡Mira sus alas! —exclamó asombrada Mirabella.

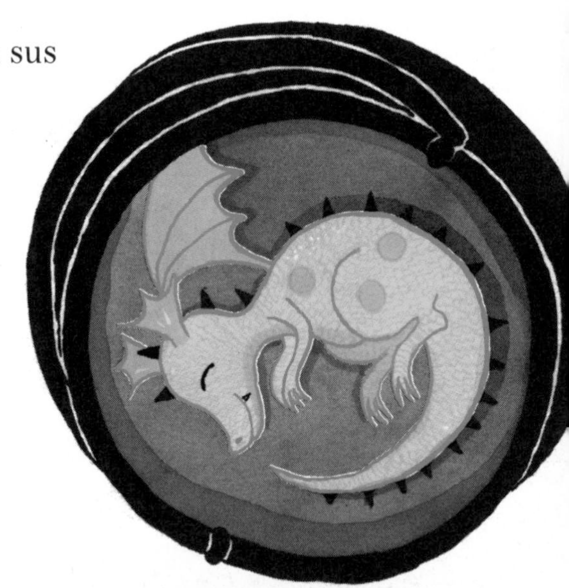

Las dos fuimos viendo cómo cobraba forma el diminuto dragoncito.

—¡Oh…! ¡Qué mono es! —dije yo.

Mirabella metió la mano en el caldero y lo acarició. El dragón frotó su hocico contra ella y soltó un chillidito.

—Tienes que acariciarlo —me aconsejó Mirabella—. No es más que un bebé. Necesita mimos —cogió al dragón y lo puso en mi regazo. Después, se bajó de

mi cama y se metió en la suya—. Buenas noches, Isadora —bostezó. Luego se tumbó, cerró los ojos, se durmió y empezó a roncar.

Yo metí al dragón bajo mi edredón con mucho cuidado y me acurruqué junto a él en la cama. Era muy raro que fuera él, en vez de Pinky, el que estuviera allí conmigo. Había dejado a Pinky en una cajita de cerillas en mi mesilla de noche. No quería aplastarlo por accidente, ¡ahora que era tan pequeñito!

Estaba ya quedándome dormida cuando…

—*Hiii, hiii, hiii…*

Abrí un ojo.

—*¡Hiii! ¡Hiii! ¡Hiii…!*

El dragón quería mimos. Alargué el brazo y, medio dormida, le di unas palmaditas en la cabeza.

—Ahora tranquilízate —le susurré—, ¡que mañana tengo que ir al colegio!

El dragón se enroscó sobre sí mismo y se dispuso a dormir. Mis ojos empezaron a cerrarse y mi mente a navegar hacia el país de los sueños cuando…

—*Hiii, hiii, hiii…*

»¡HIII! ¡HIII! ¡HIII…!

Me senté en la cama.

—¡Shhh...! —susurré, volviendo rápidamente a darle palmaditas en la cabeza y a acariciarle las alitas. Me preocupaba que despertara a mamá y a Flor de Miel.

El dragón paró de chillar y yo volví a tumbarme en la cama. Cuando por fin conseguí dormir era mucho después de medianoche. Al despertar a la mañana siguiente, todavía seguía cansada.

—¡Arriba, Isadora! —dijo Mirabella, saliendo de la cama de un salto, fresca como una lechuga—. ¿Dónde está el dragón?

Me volví hacia ella y la miré con ojos adormilados.

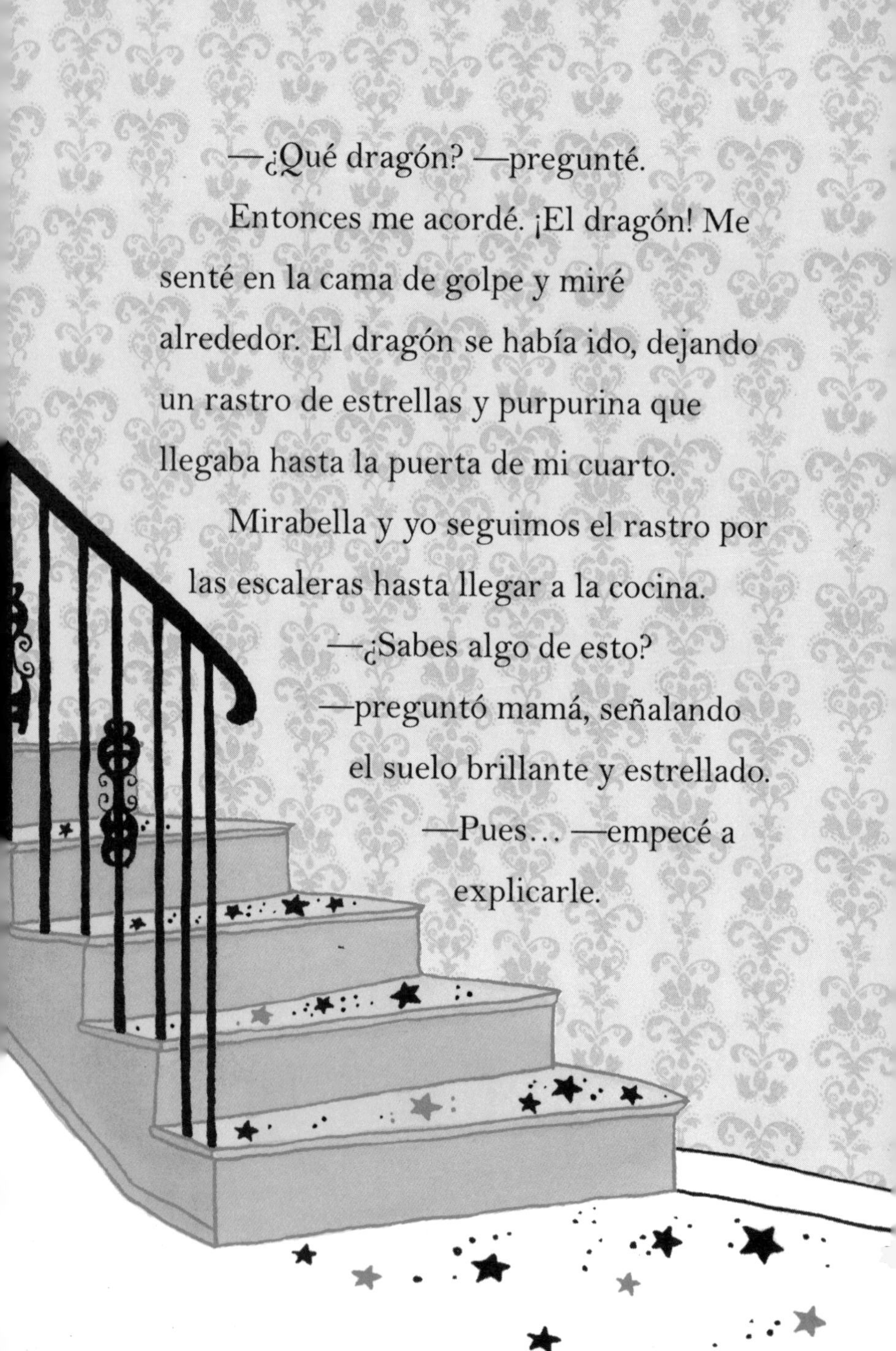

—¿Qué dragón? —pregunté.

Entonces me acordé. ¡El dragón! Me senté en la cama de golpe y miré alrededor. El dragón se había ido, dejando un rastro de estrellas y purpurina que llegaba hasta la puerta de mi cuarto.

Mirabella y yo seguimos el rastro por las escaleras hasta llegar a la cocina.

—¿Sabes algo de esto? —preguntó mamá, señalando el suelo brillante y estrellado.

—Pues… —empecé a explicarle.

—¡No! —dijo Mirabella—. No tenemos ni idea. Hemos dormido profundamente toda la noche —miró a mi madre con una dulce sonrisa y se sentó a desayunar. Yo fui a

sentarme a su lado, pero estaba intranquila. Me sentía culpable de que ninguna de las dos hubiera dicho la verdad.

—¡Buenas noches! —gritó papá con entusiasmo al llegar a casa después de su vuelo nocturno—. Perdón, quería decir ¡buenos días!

Oí cómo se quitaba la capa en el recibidor. Y después…

—¿Qué es esto? —preguntó mientras entraba en la cocina, sosteniendo sus zapatillas entre el índice y el pulgar. De la punta goteaba baba brillante.

«¡Oh, no!», pensé.

—¡Algo ha babeado mis zapatillas! —dijo papá horrorizado—. ¡Ya no podré volver a usarlas nunca! ¡Me niego a llevar zapatillas babeadas! ¿Qué tipo de vampiro sería yo si lo hiciera?

—Uno que se preocupa por el medio ambiente —dijo mamá, levantando la varita y dándoles un toque que hizo desaparecer la baba—. No las tires… Sería un desperdicio.

Escuché las risitas de Mirabella, por detrás de su tostada, pero no me parecía gracioso que las zapatillas de papá estuvieran babeadas. Me preocupaba bastante encontrar al dragón.

Mamá nos miró con dureza a Mirabella y a mí.

—Aquí hay gato encerrado —dijo—. Y creo que vosotras sabéis algo.

—Nosotras no —insistió Mirabella—. ¿A que no, Isadora?

—Pues... —murmuré. No quería mentir a mamá, pero tampoco quería quedar mal delante de Mirabella—. Creo que ha sido Flor de Miel quien ha babeado las zapatillas de papá —dije rápidamente—. Además, ayer vi que tenía un paquetito de lentejuelas. Las habrá ido esparciendo por el suelo.

—Sí —asintió Mirabella.

Mamá frunció el ceño.

—¿Y qué pasa con Pinky? Sigue sin aparecer...

—Está en mi cuarto —dije sincera.

—Preparándose para el gran día —mintió Mirabella—. ¡Está eligiendo su mejor chaleco para ponérselo hoy!

—Hum... —dijo mamá.

Mastiqué despacio mi tostada, pero sabía a cartón.

—Voy a prepararme para ir al cole —dije, saltando de mi silla y escabulléndome fuera de la cocina.

Ay, ¿dónde podría estar el dragón? ¡Había estrellas y purpurina por todas partes! Busqué en el cuarto de baño de la planta baja, en el salón, en el comedor grande y en la sala de estar, pero el dragón no estaba por ninguna parte.

Volví a subir a mi habitación... ¡y ahí estaba el dragón! Sentado encima de mi cama, echando al aire nubes de estrellas y purpurina. Era tres veces más grande que la noche anterior.

—¡Es enorme! —me quejé a Mirabella—. ¡Dijiste que sería pequeñito!

—Bueno… me refería al principio —explicó ella—. Es un dragón mágico, ya sabes... Durará solo un día y luego desaparecerá —miró el reloj que había en la pared—. Ahora debe de ser un adolescente.

—¡Un adolescente! —chillé—. ¡No puedo llevar un dragón adolescente a mi colegio!

—¡Claro que sí! —insistió Mirabella—. ¡Asombrará a todos tus amigos!

—Supongo que sí —dije, mientras iba a mi armario y sacaba mi uniforme del colegio—, pero me gustaría que tú

también vinieras. No sé cómo voy a cuidar de él yo sola.

—Lo harás muy bien —dijo Mirabella quitándole importancia—. Además, ni loca iría hoy contigo al colegio. ¡Estoy de vacaciones! Tú tómatelo con calma, Isadora.

—De acuerdo —suspiré, deseando que hubiera también vacaciones en mi cole.

Los colegios de brujas y los de los humanos tienen vacaciones muy diferentes. Yo elegí un colegio de humanos, a pesar de ser un hada vampiro.

Me esforcé mucho por tranquilizarme mientras me ponía el uniforme y le daba un beso de despedida a Pinky en su cabeza chiquitita. Cuando estuve preparada, cogí el cinturón de mi bata y lo até al cuello del dragón como si fuera una correa.

—Ahora solo tengo que sacar de casa al dragón sin que lo vean mamá y papá —dije.

—Es fácil —dijo Mirabella—. Puedes salir volando por la ventana de tu cuarto. ¡Acuérdate de que él también tiene alas! Le contaré a tu madre que ibas a llegar tarde al colegio y tuviste que salir a toda prisa. Le diré que Pinky había tardado demasiado en decidir qué chaleco ponerse.

Pinky negó con la cabeza desde la mesita de noche, enfadado con Mirabella.

—¡No, no le eches la culpa a Pinky! —dije rápidamente—. ¡Pobrecito!

Cogí el extremo del cinturón de mi bata y llevé al dragón hacia la ventana.

—¡Adiós! —dijo Mirabella alegremente mientras yo me subía al alféizar y me elevaba por el aire batiendo las alas.

Tiré de la correa y el dragón me siguió, saltando hacia el sol de la mañana. Era muy raro salir sin Pinky, y me dio un poco de pena no haberle dicho adiós a mamá y a papá, pero no sabía qué otra cosa podía hacer...

Capítulo TRES

El dragón y yo volamos sobre la ciudad para ir al colegio. Cuando nos acercábamos a él, pude ver a algunos de mis amigos en el patio con sus mascotas.

—¡Eh, mirad! —gritó Oliver señalando hacia arriba—. ¡Ahí está Isadora!

—¡Hola, Isadora! —exclamó Zoe.

—¡Guau! —gritó Samantha.

—¡Ha traído un DRAGÓN! —chilló Sashi.

Aterricé en el patio con él e inmediatamente todos hicieron un corro a nuestro alrededor.

—¡Es fantástico! —dijo Jasper.

—¡Increíble! —asintió Bruno.

—¡Halaaa...! —dijo Zoe.

El dragón sonrió orgulloso y echó en el aire una nube de estrellas y purpurina. Sus escamas centelleaban a la luz del sol. De pronto, me sentía muy contenta de haber llevado al colegio una mascota tan interesante.

—¿Queréis dar un paseo encima de él? —les pregunté a mis amigos—. Seguro que al dragón no le importa.

—¡Sí! —gritó Bruno—. Quiero dar un paseo. ¡Dejadme montar el primero!

Saltó al lomo del dragón y este echó a volar por el aire. Dio una pequeña vuelta y después volvió a aterrizar suavemente en el suelo.

—¡Yujuuu! —exclamó Bruno.

—¡Yo también quiero! —gritó Oliver.

Uno por uno, todos mis amigos se montaron a lomos del dragón hasta que la señorita Guinda vio lo que estaba pasando y vino corriendo al patio, escandalizada y sorprendida.

—¿Qué está pasando? —exclamó con voz aguda—. ¡Esto es un peligro para la seguridad y la salud! ¡Todos adentro, inmediatamente!

El dragón bajó al suelo batiendo sus alas y mis amigos y yo seguimos a la señorita Guinda hasta la clase.

Me senté en mi sitio y el dragón se sentó a mi lado. No paraba de expulsar nubes de estrellas y purpurina. El niño que se sentaba delante de mí empezó a estornudar.

—Bueno —dijo la señorita Guinda delante de todos—, ahora vamos a ir saliendo a la pizarra por turnos ¡para hablar de nuestras mascotas! ¿Quién quiere ser el primero?

Bruno levantó rápidamente la mano y la señorita Guinda le hizo una seña para que se pusiera frente a la clase.

—Este es Jorge, mi iguana —dijo Bruno, levantando a una enorme criatura parecida a un lagarto para que todos la

vieran—. Tiene una… a… a… ¡ATCHÍS!... una cola de rayas y… ¡ATCHÍS!... hay que mantenerlo siempre caliente…

—Es muy bonito —dijo la señorita Guinda—. ¡ATCHÍS!

Bruno siguió hablando de su iguana, pero cada vez le resultaba más difícil. El aire se estaba poniendo espeso con tantas estrellas y purpurina. Al poco tiempo, toda la clase estornudaba. ¡La purpurina puede picar mucho si te entra en la nariz!

—¡Cielo santo! —dijo la señorita Guinda entre estornudos—. Creo que es mejor que seas tú la siguiente, Isadora, y que quizá luego saques un rato afuera a tu dragón...

Caminé hasta la pizarra. El dragón me siguió muy contento, moviendo de un lado a otro su cola llena de escamas.

—Ejem… —dije tímidamente—. Esto es… ¡ATCHÍS!... ¡un dragón!

El dragón se puso a dar saltos a mi lado. Empezó a sacudir las alas con orgullo.

—A los dragones les gusta... ejem... —continué, dándome cuenta de que en realidad no sabía prácticamente nada sobre dragones—. ¡ATCHÍS!

El dragón batió las alas con más fuerza, dándole a una caja con pinturas que había junto a la mesa de la señorita Guinda. Los lápices y las ceras salieron disparados por el aire.

—Me parece que... —comenzó la señorita Guinda, pero en ese momento el dragón tiró una fila de botes de témperas, que al caer se abrieron y mancharon de colores todo el suelo y las paredes.

—Ehhh… —continué, muy asustada.

El dragón estaba ya terriblemente nervioso. Se elevó en el aire e intentó volar por la habitación, tirándolo todo a su paso. El cachorro de Zoe empezó a ladrar y a saltar de pupitre en pupitre, el gato siamés de Samantha se puso a maullar con fuerza y la serpiente de Jasper siseaba por el suelo, alejándose de él.

—¡Ayyy! —gritó Samantha, subiéndose a su pupitre de un salto—. ¡La serpiente está suelta!

Diez segundos después, la clase era un caos.

—¡SOCORROOO! —chillaba Samantha.

—¿Dónde está mi serpiente?
—preguntaba Jasper.

—¡PARA! —le grité al dragón.

Pero el dragón no quería parar. Se estaba divirtiendo demasiado.

—¡Madre mía…! —se lamentaba la señorita Guinda, llevándose las manos a la cabeza.

Yo no sabía qué hacer. El dragón estaba destruyendo la clase. Daba vueltas y vueltas, destrozando todo lo que pillaba en su camino. No me quedaba más remedio… que abrir la ventana.

En cuanto el dragón sintió el aire fresco, se lanzó en esa dirección. ZAS, ZAS, ZAS, hicieron sus alas de brillantes escamas, echándome el pelo para atrás con su brisa. Las estrellas y la purpurina se arremolinaron en la habitación.

Y después se fue. Atravesó volando el patio y subió hacia el cielo, con el cinturón de mi bata todavía atado en el cuello.

Deseé que se fuera volando muy lejos y que nunca volviera.

Cerré rápido la ventana para que no escapase ninguna de las demás mascotas. La señorita Guinda suspiró con alivio, pero parecía bastante enfadada.

—Isadora Moon —dijo—. Te has metido en un buen lío.

Sentí que la cara se me ponía roja. Era la primera vez que tenía un problema en el colegio.

—Traer un dragón a la escuela ha sido un acto irresponsable. Un dragón no es una mascota apropiada para la clase.

—Lo siento —dije, bajando la cabeza avergonzada—. Es que…

—Te voy a mandar a casa el resto del día —dijo la señorita Guinda—. Ve a ver a la secretaria del colegio ahora mismo. ¡Y será mejor que te pases la tarde intentando encontrar a ese dragón!

Atravesé la clase para llegar a la puerta a punto de llorar. Zoe me acarició el brazo cuando pasé junto a ella.

—No te preocupes —susurró—. A la señorita Guinda se le pasará pronto el enfado.

—No pasa nada —dijo Bruno en voz baja—. A mí también me han mandado a casa alguna vez.

Pero a mí nunca me había pasado. Me sentía fatal. Abandoné la clase y crucé el comedor hacia secretaría. Llamé a la puerta.

—Adelante —dijo una voz aguda y cantarina.

Entré en la sala y vi a la señorita Valentino sentada en su escritorio, con las gafas de pasta rosa que lleva siempre.

—¿En qué te puedo ayudar, Isadora Moon? —me preguntó con una enorme sonrisa—. ¿Te han premiado con otra estrellita dorada?

Tragué saliva y sentí que los ojos me escocían por las lágrimas.

—Me han... Me han mandado a casa —susurré.

La señorita Valentino frunció el ceño.

—Oh, vaya... —dijo—. Eso no es propio de ti. ¿Qué ha pasado?

Le conté lo de Mirabella y el dragón, y la señorita Valentino asintió con seriedad.

—Te has metido en un berenjenal, ¿verdad? —dijo—. Me parece que puede ser hora ya de que te enfrentes a esa prima tuya...

Cogió el teléfono y marcó el número de mi casa.

—¡Ah, señora Moon! —oí que decía—. Soy la secretaria del colegio. Me temo que le tengo que pedir que venga a recoger a Isadora pronto hoy... Hum... Sí... Sí...Pues... mejor que Isadora se lo cuente ella misma. De acuerdo... ¡Adiós, señora Moon!

Colgó el teléfono y me sonrió.

—No te preocupes, Isadora —dijo con amabilidad—. Todo saldrá bien.

Mamá solo tardó diez minutos en llegar. Debió de volar a toda velocidad.

—¿Qué ha pasado? —me preguntó mientras cruzábamos el patio—. ¿Por qué te han mandado pronto a casa? ¿Y dónde está Pinky?

—Yo… —comencé—, yo…

De repente, me resultaba imposible decirle a mamá lo que había pasado.

—Me dolía la tripa —mentí—, y Zoe va a traer a Pinky a casa más tarde.

Me sentía mal por mentir y dudaba de que mamá se creyera lo de Pinky, pero ella simplemente asintió y dijo:

—¡Pobrecita! ¡Qué pena! Será mejor que te lleve a casa.

Me cogió de la mano y las dos nos elevamos por el aire, batiendo nuestras alas.

Capítulo CUATRO

Mirabella estaba en la cocina cuando volvimos. Vi que había estado haciendo galletas con forma de lunas y estrellas, con mamá. Probablemente habían pasado un día maravilloso juntas.

—¡Qué ricas! —dije, estirando el brazo para coger una.

—Tú no puedes —repuso mamá, apartándome la mano suavemente—. No, si tienes dolor de tripa…

En vez de la galleta, me dio un vaso de agua con gas.

—¿Dónde está el dragón? —me preguntó Mirabella en voz baja en cuanto mamá nos dio la espalda.

—Se fue volando —susurré—. Shhh…

Pasé el resto de la tarde sentada en la cocina con mamá y Mirabella, mirando

cómo adornaban las galletas y tomando sorbitos de mi agua con gas. Subí un par de veces a mi habitación para ver cómo estaba Pinky, pero todavía era chiquitito.

A la hora del desayuno, Pinky seguía sin recuperar su tamaño normal.

—Pensaba que habías dicho que Zoe iba a traerlo a casa —dijo mamá mientras ponía en la mesa sándwiches y tarta.

—Ya lo ha hecho —contestó Mirabella con rapidez—. Antes. Cuando estabas en el piso de arriba con Flor de Miel. Pinky ahora está durmiendo la siesta. Está muy cansado después de un día tan ajetreado...

—Pinky duerme mucho últimamente... —dijo papá, con tono de sospecha.

—Sí —asintió mamá, mirándome con desconfianza—, a mí también me lo parece...

—¡Qué sándwiches más DELICIOSOS, tía Cordelia! —dijo Mirabella con voz más alta de lo normal—. Están riquísimos.

—Ay, gracias, Mirabella —respondió mamá encantada—. Son especiales para hadas. Cambian de sabor cada vez que les das un bocado.

—Eso me parecía —dijo Mirabella—. Hum... ¡Chocolate y mermelada de frambuesa!

Me puse un sándwich en el plato y empecé a mordisquearlo. Me sentía cada vez peor por todas las mentiras que les estábamos diciendo a mis padres. ¡Si por lo menos Pinky recuperara su tamaño normal!

Entonces oí algo que me heló la sangre: un tremendo estrépito, el estruendo de algo que se desborda, un alboroto que venía del piso de arriba. El tipo de ruido que haría un dragón si estuviera suelto por la casa.

—Pero ¿qué está pasando? —preguntó mamá.

—¡No tengo ni la menor idea! —dijo papá, levantándose y envolviéndose en su capa—. Vayamos a ver. Quizá sea un ladrón —cogió su vaso de zumo rojo—: Le lanzaré el zumo al ladrón —anunció—. Le sorprenderá.

Mamá cogió su varita.

—Creo que mi varita será más útil en esta situación —dijo.

Mirabella cogió su tenedor y lo levantó en el aire.

—Qué emocionante —dijo—. ¡Yo pincharé al ladrón con mi tenedor!

Subimos todos corriendo por las escaleras hasta el cuarto de baño.

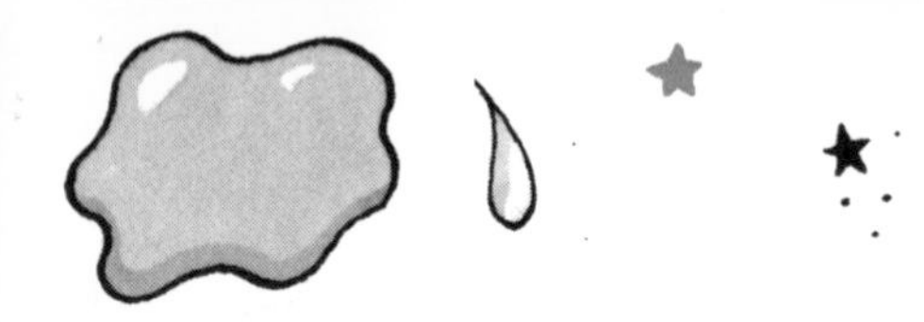
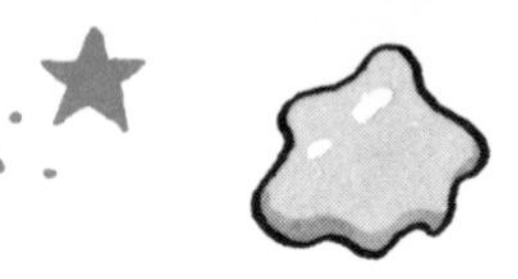

Intenté llegar la primera, pero papá fue mucho más rápido que yo con su superveloz capa de vampiro.

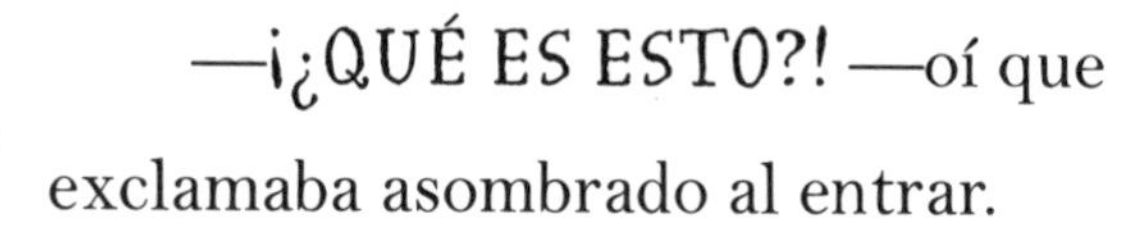

—¡¿QUÉ ES ESTO?! —oí que exclamaba asombrado al entrar.

El dragón estaba en la bañera y tenía en la boca la mitad de una tubería que había arrancado de debajo del lavabo. El agua corría por todo el suelo, y había estrellas y purpurina revoloteando por todas partes. Mamá agitó su varita para parar el agua momentáneamente.

—Tendremos que llamar a un fontanero mañana —dijo—, para que lo arregle como es debido.

Después me miró con enfado.

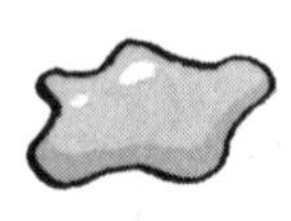
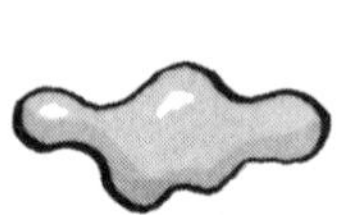
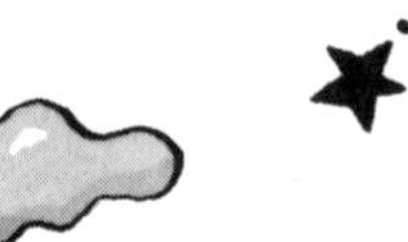

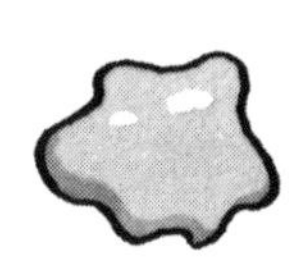

—Isadora Moon —dijo con voz severa—. Creo que eso que lleva el dragón atado al cuello es el cinturón de tu bata.

Agaché la cabeza.

—¿Qué ha ocurrido aquí? —preguntó papá con los brazos en jarras—. Has estado haciendo cosas muy raras últimamente, Isadora.

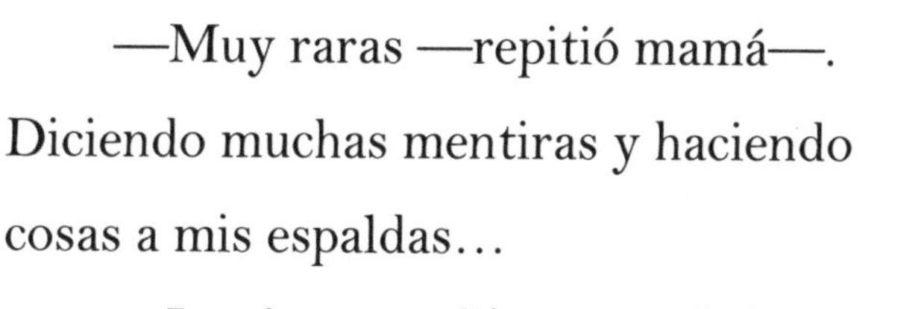

—Muy raras —repitió mamá—. Diciendo muchas mentiras y haciendo cosas a mis espaldas…

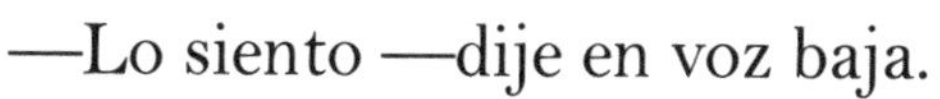

—Lo siento —dije en voz baja.

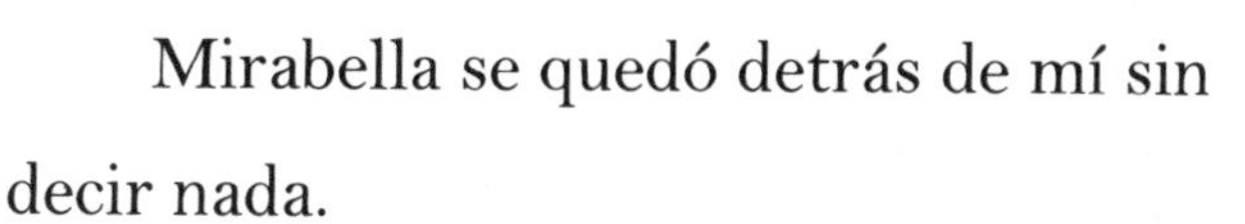

Mirabella se quedó detrás de mí sin decir nada.

—Ahora dime la verdad —dijo mamá—: ¿es Pinky el que está en el baño?

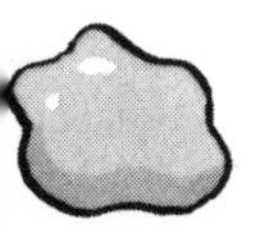

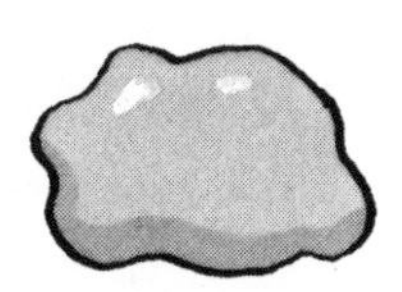

¿Lo has convertido en un dragón? ¿Es por eso por lo que no lo hemos visto últimamente?

—¡No! —intervino Mirabella soltando una risita—. ¡No es Pinky!

A mamá no le pareció nada gracioso.

—Pinky se está echando una siesta —volvió a decir Mirabella—. Está…

Pero yo ya no podía soportar más mentiras.

—No se está echando una siesta —confesé a mamá y papá—. Se ha convertido en un conejo en miniatura.

—¿Qué? —preguntó papá.

—Hicimos una poción —empecé a contarles, sin poder parar—, y Pinky se metió en ella de un salto y ahora es muy pequeñito. Y destrocé el tobogán de la casa de muñecas cuando volví a hacerme grande y después hicimos otra poción mágica para que yo pudiera llevar al colegio una mascota impresionante. Un dragón. Pero el dragón fue haciendo desastres por toda la casa así que le eché la culpa a Flor de Miel. Después armó un lío en el colegio y me mandaron a casa... Pero el dragón se había ido volando, así que dije que me dolía la tripa… Lo siento.

—Ya veo —dijo papá, con cara de decepción.

Mamá sacudió la cabeza y empezó a llorar. Mirabella se quedó ahí, sin decir una palabra.

—Estarás castigada una semana —dijo papá—. Sin volar, sin magia ¡y sin sándwiches de mantequilla de cacahuete!

—Sí —asintió mamá—. ¡Cuántas mentiras! ¡Qué ejemplo le estás dando a tu prima!

Yo sollocé con pena.

Entonces Mirabella habló. Se le había puesto la cara muy colorada.

—Ejem... —dijo—, no es solo culpa de Isadora —empezó a explicar—: En realidad, casi todo es culpa mía —dijo mirando al suelo—. La convencí. Isadora no quería hacer el dragón ni llevarlo al colegio. Ni siquiera le apetecía hacer la poción que nos encogió. Yo también lo siento mucho.

—Ya veo —dijo mamá, con un tono algo más suave.

—Hum… —musitó papá.

Los dos se volvieron hacia mí.

—Isadora —me dijo mamá—. Tienes que aprender a no dejarte llevar por los demás.

—No debes hacer cosas que no quieres hacer, solo porque alguien quiera que las hagas —dijo papá.

—Ya lo sé —dije en voz baja.

—Y tú, Mirabella —añadió papá—, ¡deberías saber comportarte! Eres mayor que Isadora. No queremos más travesuras esta semana.

—Vale —asintió ella, sumisa.

—Muy bien —dijo mamá, animándose un poco—. Vamos a olvidarnos ya de este asunto.

—Pero el castigo sigue —dijo papá alegremente mientras agarraba el cinturón de mi bata y sacaba al dragón del cuarto de baño—. ¡Para LAS DOS!

Fuimos al piso de abajo con el dragón y terminamos de desayunar. El dragón debía de tener mucha hambre, porque se comió todos los sándwiches y después se zampó la tarta entera. Hasta se bebió un vaso del zumo rojo de papá.

—Pobrecito —dijo mamá.

Después de desayunar, Mirabella y yo subimos a mi cuarto con el dragón, ¡que ya era del tamaño de un coche! Pinky estaba sentado en la cama… ¡con su tamaño real!

—¡Ay, Pinky! —dije, abrazándolo con fuerza—. ¡Has vuelto a ser tú mismo!

Pinky se sacudió contento entre mis brazos y meneó las orejas. El dragón batió las alas, alegre también.

—Debe de ser ya un dragón muy viejo —comentó Mirabella, dándole una palmadita en el hocico—. ¡Probablemente tenga alrededor de cien años!

—Parece que está inquieto —dije—. ¿Crees que necesitará volar un poco antes de irse a la cama?

—A lo mejor —respondió Mirabella, abriendo la ventana—. ¿Damos un último paseo en su lomo antes de que desaparezca?

—No lo sé —contesté—. Papá dijo que no podíamos volar en una semana.

—Ah, sí —dijo Mirabella, con un brillo travieso en los ojos—. Bueno, no volaríamos nosotras, ¿verdad? Sería el dragón.

Tenía razón. Me apetecía mucho dar un último paseo con él. No era solo porque Mirabella quisiera.

—De acuerdo —accedí—. Vamos. Pero lo hago porque quiero, no porque a ti te parezca una buena idea.

Las dos nos subimos en el lomo del dragón y yo apreté a Pinky contra mi pecho. El dragón, contento, soltó por

el hocico una nube de estrellas
y purpurina.

—¡Ha sido maravilloso! —exclamé cuando volvimos a mi habitación.

—Y tanto —asintió Mirabella.

El dragón bostezó y se acurrucó en el suelo. Mirabella y yo nos metimos en la cama y apagué la luz.

—Buenas noches, dragón —susurramos las dos.

A la mañana siguiente, cuando despertamos, el dragón ya no estaba. En el suelo solo quedaba un montón de estrellas y purpurina. Me dio un poco de pena.

—No te preocupes —dijo Mirabella, dándome una palmadita el brazo—. ¡Puedo hacerte otro!

—¡No! —dije con firmeza—. Ni hablar.

—Pero... —repuso Mirabella.

—No —insistí.

Después salté de la cama y tiré de mi casita de muñecas hasta llevarla al centro de la habitación.

—Hoy elijo yo a qué jugamos, ¿vale? —dije—. Después de desayunar, vamos a hacer muñecas iguales que nosotras para la casita. ¡Será muy divertido!

Saqué mi caja de trozos de tela.

—Y ni siquiera necesitamos hacer magia —dije contenta—. Podemos hacerlas como antiguamente. La mía tendrá un tutú negro.

—Vale —dijo Mirabella, empezando a entusiasmarse—. ¿La mía puede tener botitas puntiagudas?

—Claro que sí —dije—. ¡Le quedarán genial! Y también podemos hacer un pequeño Pinky.

Bajamos juntas las escaleras para desayunar, con Pinky dando saltos detrás de nosotras.

—¿Sabes qué sería muy divertido? —dijo Mirabella, con los ojos brillantes de nuevo—. ¡Que les diéramos vida a las muñecas! Podríamos…

—No —dije con firmeza—. No vamos a hacerlo, Mirabella.

—De acuerdo —asintió Mirabella.

—Pero te lo vas a pasar muy bien. ¡Te lo prometo! —le dije.

Y así fue.

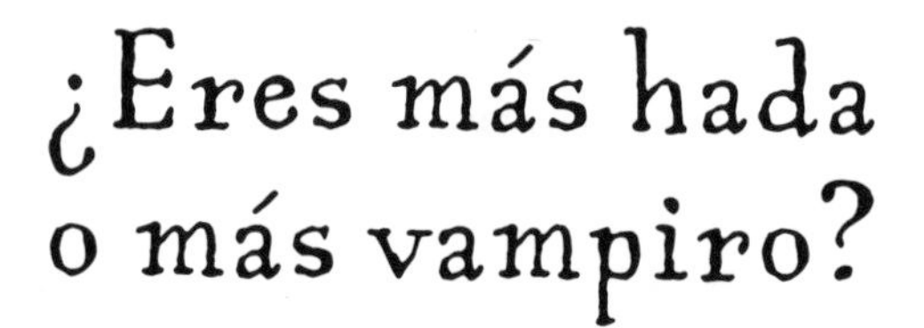

¡Haz el test para descubrirlo!

¿Cuál es tu color favorito?

A. Rosa **B.** Negro **C.** ¡Me gustan los dos!

¿Adónde preferirías ir?

A. A un colegio lleno de purpurina que enseñe magia, ballet y cómo hacer coronas de flores.

B. A un colegio escalofriante que enseñe a planear por el cielo, a adiestrar murciélagos y cómo tener el pelo lo más brillante posible.

C. A un colegio donde todo el mundo pueda ser totalmente diferente e interesante.

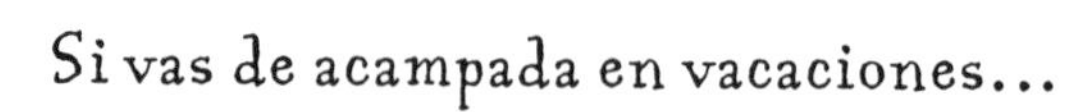

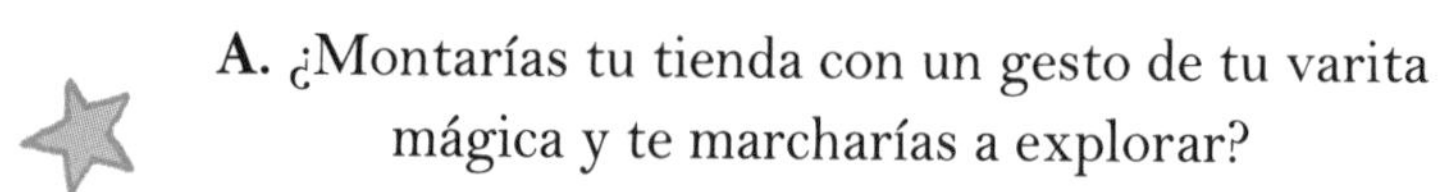

A. ¿Montarías tu tienda con un gesto de tu varita mágica y te marcharías a explorar?

B. ¿Abrirías tu cama plegable con dosel y evitarías la luz del sol?

C. ¿Irías a chapotear al mar y te lo pasarías genial?

Resultados

Mayoría de respuestas A:

¡Eres una brillante hada bailarina y te encanta la naturaleza!

Mayoría de respuestas B:

¡Eres un elegante vampiro con capa y te encanta la noche!

Mayoría de respuestas C:

Eres mitad hada, mitad vampiro y totalmente única, ¡igual que Isadora Moon!

Harriet Muncaster

Harriet Muncaster: ¡esa soy yo!
Soy la escritora e ilustradora de
Isadora Moon. ¡Sí, en serio!
Me encanta todo lo pequeñito,
todo lo que tenga estrellas
y cualquier cosa que brille.

Si te gustan las historias de Isadora Moon,

descubre más aquí: